Rosita Cabeza de Margarita

A la constante presencia de Theodor S. Geisel…, Dr. Seuss.
Gracias, Herb.
—Audrey Geisel

Translation TM & copyright © by Dr. Seuss Enterprises, L.P. 2020

Visit us on the Web!
Seussville.com
rhcbooks.com

Educators and librarians, for a variety of teaching tools, visit us at
RHTeachersLibrarians.com

Library of Congress Cataloging-in-Publication Data is available upon request.
ISBN 978-1-9848-3171-2 (trade) — ISBN 978-0-593-17769-3 (lib. bdg.)

Printed in the United States of America
10 9 8 7 6 5 4 3 2 1
First Edition

Rosita
Cabeza de Margarita

Dr. Seuss

con dibujos basados en los bocetos del autor

Traducción de Yanitzia Canetti

Random House  New York

Es difícil de creer que sea cierto algo así,
y yo espero que eso nunca te pueda ocurrir a ti.
Mas cuentan que le ocurrió a nuestra Rosita Pi.

El hecho sucedió así. Estaba sentada un día
en su pupitre en la escuela, como normalmente hacía,
cuando sintió un *tirón* leve sobre su cabeza justo.
Así que alzó la mirada, ¡y casi muere del susto!
Era algo muy singular, no sabía qué era aquello…

¡Una flor de margarita brotaba de su cabello!

¡BOING!

Tras ella estaba sentado Jeremías (Machín) Pita:

—¡Parece que en tu cabeza hay toda una margarita!

¡Eso no tiene sentido! ¡*No es posible*, no, señor!

¡La cabeza no es lugar para que crezca una flor!

Después habló el otro niño, un tal Einstein A. Delante,

que es, de los chicos de clase, de todos, el más brillante:

—¡Es raro que haya crecido justo aquí una margarita!

¡Sin embargo ESTÁ creciendo en el pelo de Rosita!

—¡Oigan! —gritó ahora Machín—. ¡Miren todos hacia acá!
¡Rosita Cabeza de Margarita! ¡Ha brotado ya!

Y Silvestra, la maestra, acudió hasta allí al instante.

—¡Qué disparate! ¡Es un truco que ha hecho algún estudiante!

¿Quién de todos los presentes puso eso en su cabecita?

¡Todos *saben* que en el pelo no crece una margarita!

—Maestra —dijo Machín—, yo la vi brotar, lo juro.

Lo vi con mis propios ojos, surgió sin más, le aseguro.

Solo dele un buen tirón si cree que no estoy seguro.

La maestra había escuchado bien la explicación completa.

—¡Déjame ver ese tallo, Rosita: quédate quieta!

—¡AY! —gritó Rosita.

—No tire —dijo Machín—. Eso duele, está muy claro.
¡Apuesto a que en su cerebro la raíz ha penetrado!

Los chicos armaron una gritería infinita:
—¡Rosa, Rosita, Rosita, CABEZA DE MARGARITA!

—*¡Niños, por favor, silencio!*

Desconcertada, la maestra exclamó:

—¡Qué situación!

Y pensar que esto ha ocurrido justo aquí, en mi salón.

Yo he enseñado en esta aula por veinte años o más.

Pero algo así, como esto, no lo he vivido jamás.

Debo dar parte enseguida. Me tendrás que acompañar

a que te vea el director, ¡a que opine el Sr. Gras!

Allí estaba el director, el Sr. Gregorio Gras,
un hombre bastante sabio, tan listo como el que más.
Él sabía más que nadie en toda aquella nación
sobre largas divisiones y de multiplicación.
Todo bien lo respondía. Por qué el mar era salado,
por qué el cielo estaba alto y los montes empinados.
Él sabría la respuesta al problema de Rosita.
—¡Ay, caramba! —exclamó al verla—. ¡Es real la margarita!
Las he visto muy a menudo silvestres, por la campiña,
aunque nunca antes las vi sobre el pelo de una niña.
¿Pero se puede saber cómo pudo esto brotar?
Ni la más remota idea. *¡Yo lo voy a averiguar!*

—«Las margaritas son propias de los campos», dice aquí.
«Pueden crecer entre rocas e incluso en la arena», sí.
«También en una maceta —dice aquí— pueden brotar».
Pero en la cabeza de alguien, eso, no, ¡eso ni hablar!

«Las margaritas —indica— pueden crecer en Alaska.

También crecen en Misuri, Rhode Island y Nebraska.

En España y en Japón, y hasta en Perú se dan bien.

En la India, luego en Francia y en Idaho…», pues también.

«Crecen en el sur de Boston y en Roma se pueden ver…».

Pero, así, sobre una niña, ¿POR QUÉ podrían crecer?

—¡Observen! —dijo Rosita.

—¡Vaya! —exclamó la maestra—. ¡Increíble, se marchita!
Ya pronto se caerá. No tendrás la margarita.
—En tan solo unos minutos, saldrás de esta situación
—declaró así el Sr. Gras—. Llévesela a su salón.

¡PUF!

El director enseguida notó una mala señal.
La margarita moría. (Y ESO no estaba tan mal).

Pero la flor era parte de nuestra pobre Rosita.
¡Y ella también, poco a poco, se iba poniendo marchita!

—¡Maestra! —le dijo Gras—, ¿sabe lo que creo ahora…?
¡Que *las dos* van a morir! ¡Traiga agua sin demora!
Tenemos un buen problema —dijo arrugando la frente—.
¡Llévese de aquí a Rosita y que descanse es urgente!
En el salón de allí al fondo, manténgala bien cerrada.
¡Tengo que hacer de inmediato una serie de llamadas!

—Con la madre de Rosita
    quiero hablar por esta vía.
La necesito de urgencia,
    si es que hay tiempo todavía.

La mamá le preguntó:
    —¿Por qué tanto alborotar?
¡Ay, Dios mío! ¡No me diga!
    ¡Nada tardaré en llegar!

Llamó a la zapatería, directo al Sr. Clemente.

Él respondió sosteniendo el zapato de un cliente.

—¿Que le está creciendo un QUÉ? ¡Voy hacia allá para ver!

Y salió de allí corriendo sin más tiempo que perder.

—Debería verla un doctor —les comentó el director—.

Y quizá un especialista en ese tipo de flor.

Y así llamó al Dr. Brito, quien exclamó:

—¡Oh, no invente!

¿Una niña con cabeza que es herbácea parcialmente?

Caramba, tengo que verlo. Iré para allá deprisa.

También acudió el paciente, aunque estaba sin camisa.

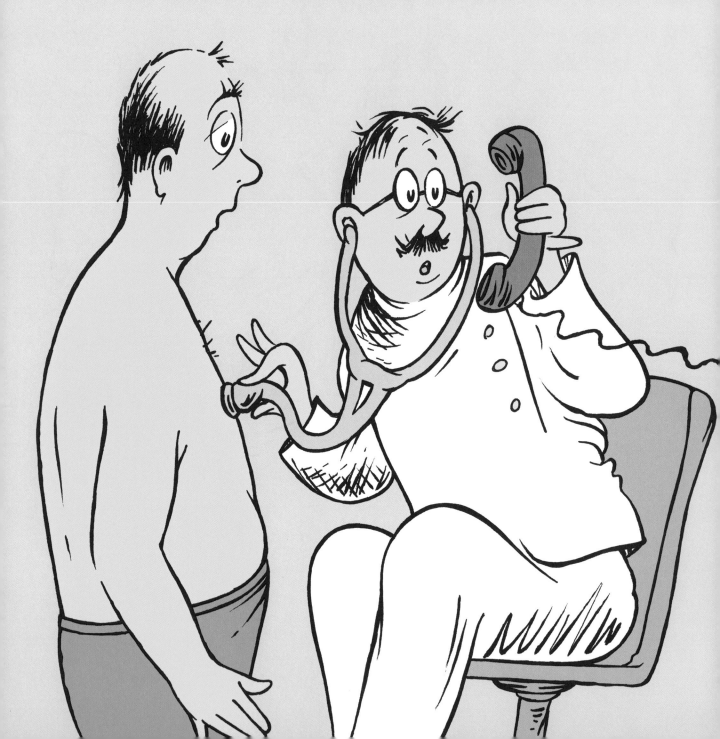

Gras llamó al florista Felo, con tijeras de podar:

—¡Llegaré en cuanto el camión logre por fin arrancar!

Entre tanto, en un colchón, tumbada estaba Rosita.

Y desplomada en su tallo, se quedó la margarita.

Pero se abrió la ventana, pues apretaba el calor,

y un enjambre entró siguiendo el dulce olor de la flor…

¡UN GRAN ENJAMBRE DE ABEJAS!
 ¡Abejas!
  ¡Abejas!
   ¡Abejas!

Por la ventana saltó. ¿Qué más opciones tenía?
Pero cuanto más corría, más rápido la seguían.

En el parque se topó con el oficial Tacones.
(Estaban ya las abejas pisándole los talones).
—¡Espérate —le espetó—, que yo regreso enseguida!
¡Y dejó a Rosita sola luchando así por su vida!

Después Tacones volvió con su balde y su pecera,
de la que salió un gran pez, y luego la metió entera…

cubriendo bien su cabeza. Se sentía algo tontuela.

—Tranquila, voy a llevarte directamente a tu escuela.

Gras, nuestro director, ya no sabía qué hacer.

—¡Qué horror! —gritaba Silvestra—. ¡Peor no ha podido ser!

¡La margarita y Rosita ya no están, al parecer!

Tras ella el Sr. Clemente, con un tremendo arrebato
(seguido por un cliente que seguía a su zapato),
y por el florista Felo, y el Dr. Brito, además,
y también por su paciente y también por su mamá.

Entonces se abrió la puerta, y entró la pobre Rosita
vistiendo aquella pecera que cubría su margarita.

Dijo el oficial Tacones mirando a su alrededor:

—¿Alguno de aquí conoce a la niña de la flor?

—¡Mamá! —exclamó Rosita, y hacia su madre corrió.
Pero, con raros temblores, su mamá retrocedió.
—Creo que voy a desmayarme —logró entonces pronunciar.
—¡Hacia atrás! —gritó el doctor mirando todo el lugar—.
¡Ábranme un poco de espacio para el brote examinar!
Con su estetoscopio en mano, el doctor se aproximó…,
¡pero un llanto de sirena fue todo lo que escuchó!

Y, sin aviso, se abrió la puerta de par en par…

¡Y quién más, sino EL ALCALDE, así debería entrar!

En actuar con importancia, no tenía comparación.

¡Y más en largos discursos repletos de pretensión!

—Les prometo, amigos míos, que si yo salgo reelecto
la margarita en Rosita rapidito desconecto.
En la ley de nuestros padres muy simple allí se esclarece:
la margarita es del suelo y a ese suelo pertenece.
¡Y, si no, es ilegal y hay que echarla, me parece!

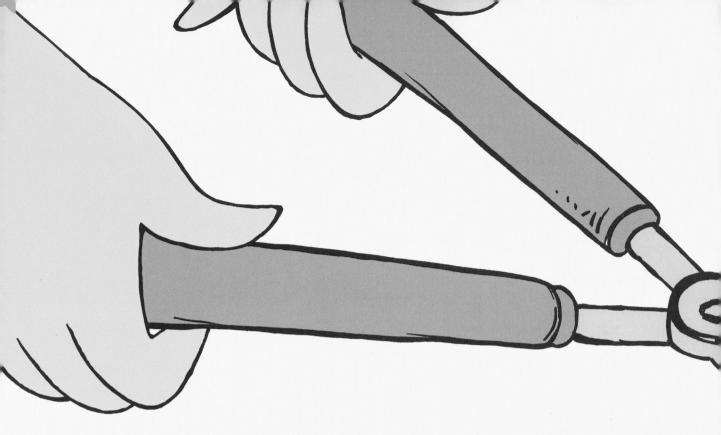

Cuando por fin el alcalde su discurso había acabado,

Felo, el florista, empezó a caminar muy callado.

Y dijo parado justo detrás de nuestra Rosita:

—Sé bien cómo deshacerme de una de estas margaritas.

¿Así que entre sus orejas hay una bonita flor?

La cortaré con mi útil tijera de podador.

Pero Rosita lo vio y pegó un grito tremendo.

Hacia un lado lo empujó y salió de allí corriendo.

Salió huyendo de la escuela y se fue de la ciudad.

Ella llegó a la pradera y al suelo vino a parar.

Con la cabeza en sus manos, tan sola en ese lugar.

Con el corazón partido, *nunca* podría regresar.

—¡Nadie me quiere!

¡Nadie me quiere!

¡Nadie me quiere! —lloraba.

Nadie en verdad la quería…? ¡Ay, pobre Rosita Pi!

Es difícil de creer que sea cierto algo así.

Y tal vez sea por eso que, allí arriba, aquella flor,

cuando Rosita, allí abajo, empezó a hablar de amor…

Tú sabes de margaritas.

Y cuando hay dudas de amor,

saber *si es o no es*, ¡es la misión de esa flor!

¡La aman...!

¡NO la aman...!

¡La aman...!

¡NO la aman...!

—No sufras —dijo la flor
cuando el último pétalo cayó—.
Ya ves que todos te quieren.
Después su tallo despareció.

Bueno…

Pues así es como ocurrió. Se fue aquello de repente.

Y ya hoy Rosita Pi es muy feliz finalmente…

De regreso a sus estudios, fue aplicada y muy seria
en el salón número 8, y en todas esas materias.

Sobre aquella margarita…, ¡es sabido que *jamás*
creció sobre su cabeza de nuevo, *no, nunca más*!
Bueno, bien…, *prácticamente* ya no estaba allí brotando.
Salvo en pocas ocasiones. Fue solo de vez en cuando.

¡PIN!

—La verdad, después de todo…, *yo* me estoy acostumbrando.

Theodor Seuss Geisel es uno de los autores de
literatura infantil más queridos de todos los tiempos.
Los libros que escribió e ilustró bajo el nombre
de Dr. Seuss (y otros que escribió, pero no ilustró,
bajo los seudónimos Theo. LeSieg y Rosetta Stone)
han sido traducidos a treinta idiomas. Sus libros
han llegado a millones de hogares alrededor del mundo.
Entre los numerosos premios que Dr. Seuss ha recibido
se incluyen tres menciones de honor Caldecott.
Dr. Seuss falleció en 1991, pero vive en su obra,
y en los corazones de sus muchos lectores.